1171

LE
TEMPLE
DE LA
GLOIRE.

A MONSEIGNEVR

LE DVC D'ANGVYEN.

A PARIS,

Chez Avgvstin Covrbe', Imprimeur & Libraire ordi-
naire de Monfeigneur le Duc d'Orleans, dans la
petite falle du Palais, à la Palme 1646.

AVEC PERMISSION.

LE
TEMPLE
DE LA
GLOIRE.

A Monseigneur le Duc d'Anguyen.

Vr le point que la nuit détend ses sombres voiles,
Et que son Char d'ébene enuironné d'Estoiles,
Roule dans le silence, & desia tout panchant,
Fait voir sa pompe noire aux portes du couchant,
I'estois dedans vn Bois, dont les feuïllages sombres
Sembloient seruir d'aZile à ses mourantes ombres,
Et suiuy seulement de cent autres Guerriers,
Ie taschois de cueïllir quelques petits Lauriers.

A ii

Quand vn subit esclat espandu dans la nuë,
Me surprit tout ensemble, & l'esprit & la veuë.
Mille sons éclatans, mille brillants éclairs,
Furent en vn moment élancez dans les airs ;
Et ie vis aussi-tost cette clarté suiuie
D'vne Diuinité, dont mon Ame rauie,
Ne se pouuoit lasser d'admirer les beautez,
Et par qui tout mes sens se virent enchantez.

Ses yeux estoient perçans ; sa bouche estoit charmante ;
L'Air fremissoit au bruit de sa voix estonnante.
Elle auoit d'vn costé des palmes dans la main,
Elle tenoit de l'autre vn puissant Cor d'airain,
Dont le son tout ensemble agreable & terrible,
Disoit ie ne sçay quoy de pompeux, & d'horrible ;
Et ce grand Cor bruyant au deffaut de sa vois,
Reueilloit les Echos endormis dans les Bois.

Son corps estoit porté sur des aisles dorées,
Et de mille couleurs peintes & bigarées.
Elle voloit en rond, s'eslançoit dans les Cieux,
Et perçant dans la nuë eschapoit à mes yeux ;
Puis quittant tout d'vn coup le sejour du Tonnerre,
D'vn vol prompt & leger elle razoit la Terre.

Et

Et laiſſant apres elle vn lumineux éclair,
De mille cercles d'or elle enrichiſſoit l'Air.

De ces viues clartez la Nuit épouuentee,
Dans ces gouffres profonds s'eſtoit precipitee;
Et moy-meſme incertain de cét euenement,
Ie me trouuay ſaiſi d'vn long eſtonnement :
D'abord à ſon éclat, ie l'a pris pour l'Aurore,
Qui cherchoit dans ces Bois, le Chaſſeur qu'elle adore :
Mais ie la cognus mieux, quand arreſtant ſon cours
Elle vint m'aborder, & me tint ce Diſcours.

Mortels, eſcoutez-moy, ie ſuis la RENOMMEE.
Cette Robe d'azur de Fleurs de Lys ſemee,
Que ie porte, & qui flotte au gré du vent ſur moy,
T'enſeigne que ie ſers le party de ton ROY,
Du valeureux ANGVYEN, i'anonce la victoire,
Et vais par tout le Monde en publier la gloire.
J'eſtois aupres de luy dans ces Champs alarmez,
Où NORLINGVE a veu choir tant d'hômes renom-
Ie ſoulageois ſon bras dans l'horrible journee,   (mez.
Où le Danube a veu ſa valeur couronnee
Par tant de hauts exploits & de ſanglants treſpas.
Je combattois pour luy, ie deuançois ſes pas.

Semblable à ces éclairs qui precedent l'orage,
Ma voix faisoit trembler le plus ferme courage.
Et ma bouche semant la terreur de son Nom,
Y causoit plus d'effroy que celle du Canon.

Ce fut moy qui portant cette frayeur secrette,
Fut cause que MERCY resolut sa retraite,
Quand il sçeut que d'vn pas fier & majestueux,
ANGVYEN passoit les bords du Necre impetueux.
Depuis fuyant tousiours il déroboit sa teste,
Aux formidables coups de l'horrible tempeste
Qui menaçoit ses iours de la fureur des Cieux;
Et tel que les Titans armez contre les Dieux,
Il couuroit son grand corps de quelque aspre Montagne,
Et par tout à ce Prince il cedoit la Campagne:
Mais le Ciel qui se rit de ces remparts si vains,
Par sa prudence mesme aueugla ses desseins.

Prés de NORLINGVE enfin il prend son auantage,
Et rangeant son Armée à couuert d'vn Village.
Choisit vn double mont, mais dans ce champ si beau,
Au lieu de son Azile il trouua son Tombeau.
Le Prince qui le suit d'vne ardeur inuincible,
L'attaque dans ce lieu qu'il croit inaccessible;

Le prouoque, & le pouße à telle extremité,
Qu'enfin ſa crainte cede à la neceßité.
De la peur qui le trouble il paſſe à ſon contraire,
Et dans ſon deſeſpoir il deuient temeraire;
Tel qu'vn Sanglier ſuiuy par le vaillant Chaſſeur,
S'arreſte dans vn Fort, tourne en rage ſa peur;
S'aculle contre vn arbre, écarte tout, s'eſlance
Et deſchire les chiens de ſa double deffence.

Tel l'orgueilleux MERCY repouſſe ſes efforts,
Et couure en ſa fureur la Campagne de morts.
Vn horrible combat de tous coſtez s'allume,
L'Air deuient enflamé, la Terre eſt teinte & fume
Du ſang boüillant qui coule & tombe par torrens,
Sous des Monts entaſſez de corps morts & mourans.
Sur des aisles de feu la mort impitoyable,
Vole de toutes parts, & ſe rend effroyable.

Par le ſpectacle affreux qu'eſtalle ſa fureur,
Elle ſeme par tout le carnage & l'horreur.
Des mal-heureux bleſſez les plaintes lamentables,
Vn Tonnerre meslé de cris eſpouuentables,
Des cheuaux eſchappez les fiers henniſſements,
Et des mourans ſoldats les longs gemiſſements

Font de leur bruit confus retentir les Campagnes,
Et troublent les Echos des prochaines Montagnes.
La victoire balance, & son sort est douteux,
Le Prince voit des siens le desordre honteux :
Mais c'est dans le peril que sa vigueur redouble,
Du soldat esperdu sa voix calme le trouble.
Tout ce qui se rencontre il l'écarte ou l'abat,
Et sa seule vertu restablit le combat.

Qui pourroit exprimer les soins, la vigilance,
La vehemente ardeur, l'incroyable vaillance
Et les faits merueilleux dont il s'est signalé,
Dans les sanglans dangers où son cœur l'a meslé.
Moy qui par tout ailleurs souuent trop exagere
Je ne t'en puis tracer qu'vne image legere.
Ie dis tout ce qu'ont fait tous les Heros passez,
Ie dits ce qu'on peut dire, & n'en puis dire assez.

Combien de fois la mort aueugle & forcenée,
A-t'elle menacé sa belle destinée.
Je l'ay veu de deux coups dans le combat blessé,
Et i'ay veu de son Sang sur la terre versé,
Naistre mille Lauriers, dont l'immortel ombrage,
Sembloit mettre sa teste à l'abry de l'orage.

Dieux

Dieux que dans cet estat il donna de terreur!
Ce grand Prince enflamé d'une noble fureur,
Voyant couler son sang, comme un foudre s'eslance,
Force des Escadrons la ferme resistance;
Rompt les fiers Bauarois au Combat obstinez,
Et rend tous les Guerriers de ses faicts estonnez.
Ces hommes vagabonds qui sont nez dans la guerre,
Exempts du tendre amour de leur natale terre;
Ces intrepides cœurs redoutans ses efforts,
Laissent MERCY leur Chef dans le nombre des morts.
GLEEN demeure pris ; & le reste en déroute,
Cherche pour se sauuer quelque secrette route.

Comme les Aquillons dans les Airs eslancez,
Font voir par leur fureur les Arbres renuersez,
Font des plus hauts Rochers choir les masses cornuës;
Et chassant deuant eux une troupe de Nuës,
Rendent le front du Ciel, net, tranquile & serein,
Et font regner par tout leur pouuoir souuerain :
Ainsi le Grand ANGVYEN, & les Chefs qui l'assistent
Font tomber souz le fer tous ceux qui leur resistent;
Chassent des Bauarois les Bataillons épars,
Et se rendent le Champ libre de toutes parts.

La fureur & le bruit calment leur violence.
Les seuls cris de Victoire y troublent le silence.
NORLINGVE ouure sa porte, et reçoit dans son cœur
Le PRINCE Glorieux, Triomphant, & Vainqueur.
Le DANVBE troublé du bruit de sa Victoire,
En va porter l'effroy jusque dans la Mer NOIRE.
Et moy qui va semant son Nom par l'Vniuers,
I'ay desia visité mille Climats diuers ;
I'ay compté son Triomphe aux Peuples de l'AVRORE;
Ie l'ay dit au SARMATE, & ie l'ay dit au MORE;
I'en ay fait le recit dans le fameux séjour,
Qui voit choir dans la Mer le brillant Char du Jour,
I'ay trauersé les floss de la Mer ATLANTIQVE;
I'ay veu de bout en bout la Sauuage AMERIQVE;
Et ie n'ay point laißé de Climats souz les Cieux,
Que ma voix n'ait remply de son Nom Glorieux.

Il ne me reste plus que porter cette Histoire
Dans le séjour sacré du TEMPLE DE LA GLOIRE,
Où cent Peintres sçauans , cent sublimes Esprits,
D'vne noble fureur diuinement espris,
Trauaillent nuit & jour à l'immortelle Image
De ce PRINCE à qui méme ALCIDE rend hômage.

Toy, qui dés ta naiſſance eut au Ciel quelque ardeur;
Quelques rayons du feu d'immortelle ſplendeur,
Qui brille dans l'Eſprit, & qui transporte l'Ame ;
Et dont l'Art d'APOLLON ſçait conduire la flame;
Si la GLOIRE te plaiſt, ſuy mon vol ; & t'en vien
Trauailler auec eux, à l'Image d'ANGVYEN.

LA finit le Diſcours de l'Jlluſtre COVRIERE;
Et la voyant deſia reprendre ſa Cariere,
Ie me ſentis preſſé de ſuiure ſa Beauté,
Et me vis auſſi-toſt dans les Airs tranſporté;
Ie ne ſçay ſi ce fut mon corps, ou ma penſée:
Mais depuis le moment qu'elle fut eſlancée,
Et qu'elle m'emporta dans la vague des Airs,
Nous viſmes cent Citez, & cent vaſtes Deſerts;
Nous paſſâmes des Mers bruyantes & ſauuages;
Cent Fleuues renommez; cent eſtranges Riuages;
Des Monts; de hauts Rochers; des rapides Torrens;
Cent Païs diuiſez de Climats differens;
Et nous viſmes enfin l'agreable Contrée,
Où dans vn lieu ſacré la GLOIRE eſt adorée.

Sur le faiſte esleué d'vn Mont audacieux,
Qui porte ſon ſommet juſque dedans les Cieux,

Et se fait voir bien haut au dessus du Tonnerre,
Des quatre endroits diuers qui partagent la Terre,
Dans le milieu d'vn Bois de Lauriers tousiours verts,
Qui n'ont jamais senty la rigueur des Hiuers.
Dans le plus beau sejour de toute la Nature,
Est vn Temple fameux d'admirable structure :
Ses hauts murs transparents sont d'vn brillant Cristal,
Où l'or semble imiter le lustre Oriental,
Dont l'Aurore en naissant peint les Celestes Plaines,
Où l'esclat qu'elle donne au Cristal des Fontaines ;
Tout ce que la Nature a de plus precieux ;
Ce que l'Art a trouué de plus industrieux ;
Et ce que le Ciel mesme a produit de merueilles,
Est compris souz l'enclos des voutes sans pareilles,
Qui de ce lieu sacré font le riche ornement,
Et semblant égaller celles du Firmament.

La Beauté que la Pompe & l'Esclat enuironne,
L'Auguste qualité qui les autres couronne :
Cette Reine des Cœurs qui triomphe du sort :
Ce seul bien des mortels qui reste apres la mort ;
Des plus vaillans Heros la passion premiere,
Et la possession qu'ils gardent la derniere,

La

La GLOIRE, de rayons d'immortelle splendeur,
Remplit de ce lieu sainct l'ample, & vaste grandeur.
Là, des plus Nobles Cœurs reçoit des vœux sublimes,
Couronne de ses mains les sanglantes victimes,
Que la Valeur immole aux pieds de ses Autels ;
Et se fait adorer mesme des Immortels.

Par cent portes de Cedre on entre dans ce TEMPLE,
Le MERITE les ouure ; & dans vne Cour ample
L'HONNEVR vient au deuant, caresser & flater
Ceux que la RENOMMEE y daigne presenter.
Des plus fameux Mortels mille troupes errantes,
Vont cherchant par ce Mont des routes differentes ;
Il a mille sentiers : celuy de la VERTV
Sans doute est le plus droit : mais c'est le moins batu ;
Il est aspre & penible ; & de noirs precipices
Montrent des deux costez, la demeure des vices,
Qui rampent dans le fonds ainsi que des Serpents ;
Et quelquefois masquez, sur le sommet grimpants,
Arriuent inconnus à la porte sacrée,
Par force ou par adresse en penetrent l'entrée,
Se glissent dans le Temple, en profanant l'Autel ;
Et ternissent la gloire, & son lustre immortel :

D

Mais le TEMPS ce vieux Juge équitable & seuere,
Souffre pour quelques jours, qu'vn Peuple les reuere :
Puis en fin les descouure, & les chasse en fureur
Dans des Antres obscurs où Preside l'horreur :
Où la VERITE' triste éclaire l'INFAMIE ;
Et se montre en ces lieux leur plus fiere ennemie.

Là, dans le plus profond de ces valons affreux,
Paroist l'enfoncement d'vn Antre tenebreux,
Dont la vaste grandeur s'estend souz la Montagne,
Et forme souz ce Mont vne obscure Campagne,
Où l'on entend sisler mille horribles Serpents
Sur la teste d'vn Monstre, entassez & rampans.
Là, ce Monstre cruel qu'on appelle l'ENVIE,
Passe dans des Cachots sa miserable vie ;
Et voit par quelques trous de ses yeux de trauers,
La splendeur que la GLOIRE espand en l'Uniuers.
Là, ce Spectre viuant souz vne forme humaine,
Noircit tous les Rochers de sa puante haleine,
Vomit tant de venin qu'on n'en peut approcher ;
Et se rongeant le Cœur, ronge aussi le rocher ;
Et croit en le rongeant de sa dent sale & noire,
Sapper les fondements du Temple de la GLOIRE.

C'est sur ce Mont sacré si superbe en Autels,
Où par de hauts sentiers inconnus aux Mortels,
Ie fus enfin conduit par ma Guide fidelle ;
Et c'est dedans ce TEMPLE où ie fus auec elle.
Que de pompe & d'éclat! que de viues clartez!
Que de brillans Tresors! Que de rares Beautez!
Que de chants de Triomphe, & de hautes merueilles,
Rauirent en ce lieu, mes yeux, & mes oreilles!
Tous ceux qui dans quelque Art ont eu l'heur d'exceller;
Tous ceux dont les vertus ont fait leur Nom voller,
Par des faicts inoüis jusqu'au faiste sublime:
Où peut aller la vraye & raisonnable estime,
Sont peints dans ce lieu sainct, dont les murs sont ornez
D'vn amas infiny de Portraicts couronnez.

Ce beau sexe orgueilleux pour qui l'autre soûpire,
Qui regne sur nos Cœurs auec tant d'empire.
Ces superbes beautez, qui de tout l'Vniuers
Se sont fait adorer en des siecles diuers:
Celles à qui l'Honneur, & leurs vertus diuines,
Acquirent justement le tiltre d'Heroïnes,
Ont dessus des Autels leurs Portraits esleuez,
Et sur des lames d'or leurs beaux Noms sont grauez.

Au plus éminent lieu de ce TEMPLE admirable,
Ie vis deſſus vn Trône vne Image adorable,
D'vne Princeſſe en dueïl, de qui la Majeſté,
Les vertus ſans exemple, & l'extreme bonté,
Dans des champs que ſes ſoins conſeruët touſiours calmes
Faiſoient croiſtre les Lys à l'ombrage des Palmes:
Du genereux ANGVYEN, & la mere & la ſœur,
Prés d'elle y faiſoient voir leur grace & leur douceur.
Leurs auguſtes attraits captiuoient les plus braues;
Et des Rois enchaiſneʒ, de leurs charmes Eſclaues,
Teſmoignoient en tremblant deuant leur doux aſpect,
Tout ce que peut l'Amour dans vn profond reſpect.

Là, mille autres beauteʒ des Mortels adorees
Ont d'immortelles fleurs leurs Images parees;
Et deſſus leurs Autels mille Amans dans les fers,
Y ſont par l'Amour meſme en ſacrifice offers.
Parmy tant de beauteʒ ie reconnus Siluie,
Et vis dans ſon Tableau l'Hiſtoire de ma vie;
Son triomphe, mes fers; ſa gloire, mes langueurs;
Ses charmes, mes tranſports; ma peine, & ſes rigueurs.
Enfin du grand ANGVYEN ie vis l'Auguſte Image.
Qui parmy les Heros auoit meſme auantage

Que

Qu'à RODES autrefois eut celle du SOLEIL,
Dont l'immenſe grandeur n'a rien eu de pareil.
Son port, ſa majeſté, ſa douceur, & ſa grace,
Du beau fils de CYTHERE, & du Dieu de la Trace,
Confondoient en ſon Corps le charme & la fierté ;
Son air tenoit en tout de la Diuinité ;
Tel, & moins braue encore, parût le jeune ACHILLE,
Quand on le vit quitter les delices d'vne Iſle,
Où ſa beauté cachoit ſon ſexe, & ſa valeur ;
Et marcher tout armé pour le fatal malheur
Des Enfans de PRIAM, & des Tours de Pergame,
Que la fureur des GRECS deſola par la flame.
Le feu de ſon Eſprit paroiſſoit dans ſes yeux,
Comme l'Aſtre du Jour brille au trauers des Cieux.
La Magnanimité ; les Vertus les plus ſaintes,
Et ſa haute valeur ſur ſon front eſtoient peintes ;
Et dans vn air pompeux de Gloire, & de Grandeur,
Eſclatoient tous les traits de ſa guerriere ardeur.
Il tenoit dans ſes mains les flames du Tonnerre,
L'on voyoit ſouz ſes pieds tout le Plan de la Terre ;
Les Fleuues, les Citez, les Plaines, & les Bois,
Qui ſeruoient de Theatre à ſes fameux Exploits.
     Là, proche de ROCROY, cette orgueilleuſe Armée,
Souz qui la France en deuil deuoit eſtre opprimée,

E

Estoit peinte en desordre, & l'YBERE abbatu,
Admiroit en mourant sa naissante Vertu.
BELLONE y faisoit voir les effets de sa rage,
Des Bataillons carrez l'effroyable Carnage ;
La pasleur des Blessez, leur mortelle douleur ;
La honte des Captifs, & leur triste malheur ;
La fiere AMBITION souz un sanglant Trophée ;
Et souz un tas de morts paroissoit estouffée.
Et d'immortels Rayons le PRINCE Couronné,
Estoit peint sur un Char de Gloire enuironné.
THIONVILLE plus loing vaillamment deffenduë,
Estoit à sa Valeur, & soubmise, & renduë.
Ses Mines, ses Assauts, ses Lignes, & ses Forts,
Y faisoient voir ses soins, & ses nobles efforts ;
Et sa Prise dont l'heur tous nos malheurs surmonte,
Y sembloit par sa Gloire effacer nostre honte.
Le Combat de FRIBOVR disputé tant de jours,
Sur des Monts dont la cime espouuante les Ours ;
Et qui semblent armez de Roches effroyables,
Montroit de son grand Cœur des marques incroyables.
Il estoit peint à pied, forçant les BAVAROIS
Dans l'effroy des Deserts, & dans l'horreur des Bois ;
Et d'un front eclattant des rayons de la Gloire,
Chassant l'Aigle, & la Nuit hors de la Forest noire.

En suite, PHILISBOVRG, paroiſſoit aſſiegé,
Et deſſouz ſon pouuoir par ſes Armes rangé.
Cét orgueilleux Rampart qui couuroit l'Allemagne,
Et deuant qui tout autre euſt paſſé ſa Campagne,
Par l'effort du Canon dans peu de jours ouuert,
Montroit à nos Guerriers, l'EMPIRE à deſcouuert.
Cent fameuſes Citez qui ſuiuoient ſon exemple,
Ouuroient à ſon Triomphe, et leur Porte, et leur Temple;
Et le RHIN couronné de Jones & de Rozeaux,
Sembloit luy rendre hommage à moitié hors des Eaux.
Dans les eſloignements l'on voyoit des Figures,
Qui du ſombre Aduenir montroient les Aduentures;
Des Turbans abatus; des Trônes renuerſez,
Eſtoient par le Crayon confuſément tracez.
A meſure qu'ANGVYEN produit quelques merueilles
Mille rares Eſprits luy conſacrent leurs veilles;
Et ces traits que l'on voit ſeulement esbauchez,
Sont dans ce grand Tableau par leurs mains retouchez.

Ce fut à ces puiſſants, & merueilleux Genies,
Qui reçoiuent du Ciel des graces infinies,
A qui la RENOMMEE adreſſa ſon Diſcours;
Et conta le Combat, où dans nos derniers jours,

ANGVYEN par des Exploits en tout inimitables,
Pour oppaiſer des GOTS les ombres lamentables,
A fait preZ de NORLINGVE vn Sacrifice affreux
De leurs fiers Ennemis immolez auprez d'eux :
Ces Miniſtres ſacrez du Temple de la GLOIRE,
Chanterent auſſi-toſt cent Hymnes de Victoire ;
Et cherchant dans leur Art ce qu'il a de plus beau,
Peignirent ce Combat dans ce diuin Tableau.

La GLOIRE me preſſa d'ayder à cét Ouurage :
Mais vn ſi haut Sujet eſtonna mon courage ;
Et me ſentant trop foible en vn ſi grand deſſein,
De crainte le Pinceau me tomba de la main.
Alors dans le tranſport de mon Ame eſtonnée,
Ie m'eſcriay. DEESSE aux Honneurs deſtinée,
Ie n'oZe deſirer ny l'employ, ny le prix
Que reçoiuent icy ces Sublimes Eſprits :
Mais pour mieux faire voir la violente flame,
Dont les vertus d'ANGVYEN ont embraZé mon Ame,
Ie demande qu'vn jour combattant en mon rang,
Ie puiſſe prez de luy reſpandre tout mon ſang ;
Et tombant à ſes pieds dans vn jour de Victoire,
Y ſeruir en mourant de Victime à ſa Gloire,

La Gloire ſur le haut d'vn Trône eſtincelant,
Tournant ſur moy l'éclat de ſon regard brillant;
Et deux fois doucement vers moy baiſſant la teſte,
Montra qu'elle approuuoit mon ardente Requeſte:
Mais ne pouuant ſouffrir les lumineux éclairs,
Que l'éclat de ſes yeux eſlançoit dans les Airs,
Mon eſprit aueuglé perdit la connoiſſance;
Et ie ne ſçay comment, ny par quelle puiſſance,
Quand ie me reconnus, & que j'ouuris les yeux,
Ie me vis dans le Bois, & dans ces meſmes lieux
Où ie fais retentir la SCARPE & ſes riuages,
Au lent & foible bruit de mes petits rauages,
Comme vn torrent d'Eſté qui dure peu de jours,
Et dont le bruit ſe perd auſſi-toſt que le cours.

Magnanime GONDY, dont l'Ame genereuſe,
Parmy les changemens d'vne Cour orageuſe,
Plus ferme qu'vn écueil des tempeſtes battu,
A touſiours conſerué ſon entiere vertu.
Toy de qui l'amitié conſtante, & non commune,
Conſole les ennuis de mon aſpre fortune;
Reçoy ce que mon Zele a tracé dans ces Vers,
Pour le plus Grand HEROS qui ſoit en l'Vniuers.

F

Ie ſçay de quels reſpects ta paſſion l'honore.
Voi-le donc en ce Temple où ma Muʒe l'adore,
Approuue ſon Image ; & flattant mon deſſein,
Rends quelque honneur au Dieu qui m'échauffe le ſein.

F I N.

Permiſſion d'Imprimer.

IL eſt permis à AVGVSTIN COVRBE', Marchand Libraire à Paris, d'Imprimer ou faire Imprimer, vendre & debiter des Vers intitulez, *Le Temple de la Gloire, à Monſeigneur le Duc d'Anguyen*: Et deffences ſont faites à tous autres Imprimeurs & Libraires de les Imprimer ny contrefaire ſur les peines en tel cas requiſes. Faiƈt ce huiƈtieſme iour d'Aouſt mil ſix cens quarante-ſix. Signé, DAVBRAY.